Catarina Köppchen

Von Ende bis Anfang

Mein Leben nach dem Unfall

AF176602

Catarina Köppchen

Von Ende bis Anfang

Teil 1

©2021 Catarina Köppchen

Herstellung und Verlag: BoD – Books on Demand
Norderstedt

ISBN : 978-3-7534-7938-5

Heute ist der 27. Februar 2008, und es ist genau 27 Jahre her, dass mein Leben eine Wende nahm. Zwar liegt der Unfall schon viele Jahre zurück, und doch ist er bzw. seine Folgen immer bei mir.

Von Anfang an: Da ich alles nur aus Erzählungen weiß, kann ich den Tag nur in meiner Vorstellung wiedergeben. Es muss sich nach der Schule (letztes Fach: Sport) ungefähr so abgespielt haben:

Wir sind immer zu mehreren über die (unbeampelte!) Stelle über die Leopoldstraße gegangen, die zum „Italy" und zum „Fuchsbau" führt. Ein Auto, ein grüner Käfer, dem ich die Vorfahrt geben wollte, der mir den Vorrang geben wollte, fuhr los als auch ich losging. Ich wurde angefahren, prallte wohl irgendwie so auf, dass ich nur noch dalag. Ein Kind muss die Lage gleich erkannt haben und rief einen in der Nähe stehenden Krankenwagen herbei, der mich ins Schwabinger Krankenhaus brachte. Dort kam ich auf die Intensivstation, wo ich zwei Wochen bewusstlos lag.

Doch an diese Zeit kann ich mich erinnern. Sehr genau sogar. Ich erinnere mich an Bilder in meinem Kopf, Filme, Geschichten…Träume. Natürlich wusste ich nicht, dass ich im Krankenhaus war. Ich war einfach nur da, in meiner eigenen Welt. In meiner Erinnerung sehe ich Dunkelheit und darin viele bunte Lichter, wie Sterne, farbige Punkte überall. Und dann alles hellblau. Ich bewege mich schwebend, das heißt ich merke nicht wie ich mich bewege, ich sehe einfach Bilder. Türen, kaum sichtbar, aber doch da. Gänge mit Türen, aber nicht wie in einem Haus, irgendwie unwirklich – eben ein Traum. Ich möchte eine Türe öffnen, aber sie geht nicht auf. Ich laufe zur nächsten, auch sie bleibt verschlossen. Immer wieder die Hoffnung, die Spannung, zu sehen, was hinter den Türen ist. Auch eine Art Ungeduld. Aber ich finde keine offene Tür, durch die ich gehen kann.

Wieder eine andere Erinnerung: ich bin eine Biene. Oder eine Fliege? Etwas Kleines, das fliegen kann.

Über Wiesen in der Sonne. Es gab aber auch schreckliche Träume, der schlimmste war, dass ich ein Lebkuchenhaus gesehen habe, ein Lebkuchenhaus mit Rauch aus Watte, der aus dem Schornstein kommt. Und da meine Mami. Sie steht auf dem Dach, ich will zu ihr, aber sie ist immer weg, wenn ich bei ihr bin. Ich rufe, rufe, bin verzweifelt, und auf einmal ist sie weg und kommt nicht mehr wieder.

Ich erinner' mich aber auch noch an eine Kutschfahrt. Da saß mein Freund Christoph und hat in einen herrlich grünen Apfel gebissen.

Ebenso erinnere ich mich, dass mich jemand an den Haaren gezogen hat. Es ziepte. Und weiße Gestalten schwärmten von einer Frisur.

Als ich mich eines Tages in einem Bett wiederfand, kam mir das gar nicht komisch vor. Auch, dass ich am linken Bein einen Gips vom Fuß bis zum Oberschenkel hatte, wunderte mich nicht, war nur unhandlich. Ich konnte mich nicht rühren! Ich habe mir mein Spiegelbild im glänzenden Metall des Bettgestells anschauen wollen. Mit Verrenkungen erkannte ich ein Gesicht mit einem blauen Fleck auf der Stirn. Ich hatte ja auch eine Gehirnerschütterung, der Bluterguss war wahrscheinlich der äußerlich erkennbare Teil. Innere Blutungen im Gehirn, ein Blutgerinnsel. Ebenso die halbseitige Lähmung. Wie oft ich bei den Visiten das Wort „Hemiparese" gehört habe! Es gehörte zu mir, genauso wie mein Gips, der für die Heilung meines Sprunggelenks da war. Die Wachstumsfuge war gesprengt. Worte, die mir als Zwölfjährige nichts sagten.

Es war einfach so wie es war, und mehr nicht. Als ich wieder voll da war, waren meine schlimmsten Zeiten, diejenigen als meine Mami wegging. Am Schlimmsten abends. Ich hatte eine Erinnerung, wenn sie mir sagte, sie müsse jetzt nach Hause fahren, meine Geschwister würden auf sie warten. Nur in meiner Erinnerung war mein zu Hause in Aachen, in der Wohnung unten in der Kupferstraße. Dort, wo ich die ersten fünf Jahre meines Lebens gewohnt habe. Ich sah das gelbe Sofa, das Bild mit der Frau am See und vor allem die Papierzwerge. Sie hatten Rechen und Schaufeln in der Hand. Sie standen ganz früher im kleinen Glasschränkchen zum Aufhängen. Diese Zwerge waren meine beste Erinnerung! Zumindest wusste ich, dass ich in München in einem Krankenhaus liege, Kinderstation, Zimmer 8003 mit sonnengelber Tür mit Fenster! Allerdings wusste ich, dass Aachen sehr weit weg ist und so dachte ich immer, die Mami fährt nach Aachen zu meinen Geschwistern Leni und Frankus. Sie musste einfach aus Aachen kommen, so geschafft sie immer war, und auch der Papi. Wenn er mich besuchen kam, legte er sich eigentlich immer auf die grüne Liege im Zimmer und schlief. Klar nach einer so langen Fahrt und vorher noch im Büro. Es gab für mich keinen Zweifel.

Dass mich auch Freunde aus der Schule besuchten, war da nicht so verwunderlich. Irgendwie waren das zwei verschiedene Welten. Störte aber nicht. Ich erinnere mich, dass mich die Vroni sehr oft besucht hat, und auch der Markus. Mit der Vroni habe ich dann

11

im Park des Krankenhauses Blockflöte gespielt. In diesem dämlichen Park wurde ich immer im Rollstuhl rumgeschoben. Und so oft hörte ich den Satz, wie schön es doch anfange zu blühen und so weiter und so fort.

Meine Erinnerungen mögen etwas durcheinander geraten, ich schreibe sie einfach so auf, wie sie mir wieder einfallen. Was ich auch ganz schrecklich fand, waren die Stunden, die mir unter „Beschäftigungstherapie" auf eine Art Stundenplan geschrieben wurden. Dass das Ganze für mich wichtig sein könnte, kam mir dabei nicht in den Sinn. Vielmehr dachte ich, alle um mich herum halten mich für minderbemittelt, also blöd. Immerhin das habe ich schon erkannt, dass dem wohl nicht so war, aber natürlich waren diese vollkommen langweiligen Stunden – vielleicht war es auch kürzer, es kam mir aber immer ewig lang vor! - für mich wichtig, denn um ehrlich zu sein wusste ja keiner, was noch an Können und Wissen in meinem Kopf war.

Da sollte ich z.B. mit einem Webrahmen weben. Anfangs war das ja noch ganz schön, aber ich musste das jedes Mal und das fand ich ja so doof! So was gibt man doch kleinen Kindern, dachte ich. Ich dachte sowieso sehr viel, aber ich sprach nicht drüber. Das hat sich auch bis zum heutigen Tag nicht allzu sehr geändert, denn so viel reden wie ich denke, kann man einfach nicht.

Nun ja, auf jeden Fall begann ich irgendwann auch zu glauben, ich sei nicht ganz richtig im Kopf. Da gab es nämlich auch noch so einen Kindergarten, in den ich gehen musste. Ja, wirklich! Dort waren alle Altersstufen vertreten. Vor allem gab es ein, ich würde sagen Baby. Sie war vielleicht auch schon zwei. Sie wurde immer „Püppi" genannt. Und was ich an diesem Baby hasste war, sie konnte alles! Und zu allem Überfluss hieß es dann noch: "Schau mal, Püppi kann das auch schon, da müsstest du das doch auch können!" Tja, was Püppi schaffte, meinte ich erst, würde ich spielend auch schaffen. Da fallen mir beispielsweise diese geometrischen Formen ein, die in ebensolchen leeren Flächen eingesetzt werden sollten. Wie im Kindergarten eben. Ich merkte, dass ich es nicht hinbekam und gelangte so zu der Überzeugung, ich sei wirklich dumm. Ich habe daraus gelernt, dass es nicht unbedingt gut ist, Kinder miteinander zu vergleichen oder in Konkurrenzkampf untereinander zu stellen. Wie ich ja selber gemerkt habe, kann das gründlich nach hinten losgehen. Wenn ich so drüber nachdenke, vielleicht war ja dieses Erlebnis im Krankenhaus-Kindergarten mein „Schlüsselerlebnis" in meiner weniger rühmlich verlaufenden folgenden Schüler"karriere". Mir kam ja gar nicht in den Sinn, dass es ganz klar war, dass ich durch die Verletzungen am und vor allem im Kopf einfach vieles neu lernen musste. Wie auch die Farben! Ich weiß noch, dass mich ein netter Arzt (halt auch so ein Mann im weißen Kittel, so wie alle eben rumliefen!) nach den Farben verschiedener Blumen in einem Blumenstrauß fragte. Ich war überzeugt davon, ihm die tatsächlich richtigen zu nennen. Er allerdings sagte: „Das versuchen wir dann ein andermal noch mal!" Dieser Ausspruch hat mich dermaßen verunsichert, dass ich schon dachte, **er** sei vielleicht farbenblind! Dass ich ja anfangs überhaupt nichts sah, hatte ich noch gar nicht erwähnt. Ich muss wohl leer und nach oben geschaut haben, und als mich Danni besuchen kam, habe ich sie mit dem Namen „Frau Schneider" begrüßt, was sie mir wohl recht übelnahm, denn unter Frau Schneider kannten alle die seltsame Frau des Augenarztes!

Vielleicht hat sie ja aufgrund dessen, also aus „Rache" gesagt, es sei gar kein Johannisbeergelee gewesen. Um das zu verstehen, erzähl ich jetzt Folgendes: An irgendeinem Tag, nachdem ich wieder bei Bewusstsein war, frühstückte ich. Es gab Brötchen, also natürlich Semmeln, mit Butter und Marmelade (ich weiß noch wie gut das immer geschmeckt hat!). Auf jeden Fall hatte ich bis dahin noch kein einziges Wort gesprochen, worüber meine Eltern sich

15

verständlicherweise große Sorgen machten. An diesem einen Morgen war es, dass mein Papi mich fragte, was das für eine Marmelade sei. Und ich antwortete "Johannisbeer"!

Ich erinner' mich nicht mehr, aber das muss für meinen Vater ein Wahnsinnsereignis gewesen sein! Ich kann mir das auf jeden Fall vorstellen. Gemerkt habe ich es allerdings erst lange Zeit später, als ich auch schon wieder zu Hause war. Da erzählte er mir von dieser Begebenheit und sagte, dass seit dem Johannisbeergelee seine Lieblingsmarmelade sei! – Ich erinnere mich auch noch daran, dass ich das gesagt habe. Ebenso erinner' ich mich daran, dass ich ganz oft einen goldenen Ring vom Papi zwischen meinen Fingern hin-und hergedreht habe. Den hatte er mir wohl deshalb immer gegeben, um in mir ein Stück Erinnerung zu wecken. Unglaublich, dass meine Eltern solche genau richtigen Dinge getan haben. Überhaupt, dass sie diese Belastung ausgehalten haben! Bewundernswert! Wenn ich mich in ihre Situation hineinversetze, ich weiß nicht wie ich das aushalten würde.

Wer weiß, vielleicht werden in solchen Extremsituationen auch ganz besondere Kräfte freigesetzt. Kräfte, die man z.B. aus dem Glauben schöpfen kann. Das ist auch so was. Meine Mami hat abends immer mit mir gesungen und gebetet. Mein Glaube hat dabei sicherlich auch eine Stärkung bezogen. Obwohl ich bei manchen Texten auch ziemlich mit den Tränen kämpfen musste. So etwa bei dem Lied: Guten Abend gute Nacht. Da heißt es am Ende des Liedes „…Morgen früh, wenn Gott will wirst du wieder geweckt". Dabei war ich ganz traurig, weil ich ja nicht wusste, ob Gott überhaupt will, dass ich am nächsten Tag noch lebe. Aber, da ich jeden Tag wieder aufs Neue von ihm geweckt wurde, hatte ich IHN fest in mein Herz geschlossen. So wurde mein Glauben gestärkt und gefestigt.

Später, als ich auch schon wieder in die Schule ging, ging's mir durch und durch. Es begann grade Frühling zu werden. Ich nahm erstmalig die wunderbare Natur wahr. Es war ein unbeschreibliches Gefühl und noch unbeschreiblicher der Gedanke, der mich er- und ausfüllte: Ich war und bin ein Teil dieses großartigen Ganzen! Gottes Gnade hat mich beschützt und lässt mich weiterleben. ER hat mich vor Schlimmerem bewahrt und er schenkte mir mein zweites Leben!

Allerdings wusste ich auch immer, dass meine Mami nach diesen gemeinsamen Liedern und Gebeten, wegging. Manchmal weinte ich stundenlang oder konnte einfach nicht schlafen. Ich hatte Angst, sie würde am nächsten Tag nicht wieder kommen. Manchmal dachte ich auch, sie sei bei mir im Zimmer. Ich redete mit ihr. Erst am nächsten Morgen wurde aus dem Schatten ein hängender Bademantel oder ein Kleidungsstück auf einem Stuhl. Einmal, weiß ich noch, roch ich ihr Parfum. Ich war mir sicher, sie sei bei mir gewesen. Allen Mut zusammennehmend wagte ich sogar, eine Schwester zu fragen, wo meine Mutter sei. Ich ließ nicht locker und behauptete fest, ich wüsste, dass sie da gewesen sei. Im Grunde hatte ich eben Angst, sie käme nicht mehr zu mir, weil der Weg von Aachen nach München einfach zu weit ist.

Aber meine Mami kam immer und wenn sie nicht kam, dann war der Papi (schnarchend auf der grünen Liege) im Zimmer. An die Besuche von Leni und Frankus kann ich mich dagegen nicht mehr so deutlich erinnern. Doch, ich weiß noch, wie der Frankus das Kuschelwildschwein Wurzi, den ich vom Albert bekommen habe, für mich grunzen ließ, oder die ausgeflippte Kuschelente mit der verrückten Struwwelfrisur! Ja, und an den Kassettenrekorder. Von dem ich die Kassette mit Piepsgeräuschen meines Wellensittichs Nicki hören konnte. Ich bekam auch immer viel vorgelesen. Zum Beispiel aus „Pünktchen und Anton" oder „Der kleine Nick". Vorgelesen zu bekommen, das war immer besonders schön. Selber lesen durfte ich wahrscheinlich nicht, das wäre sicher noch zu anstrengend gewesen. So las mir eines Tages die Mami auch einen ganz besonderen Brief vor. Nämlich von meinem ehemaligen Latein-, und Deutschlehrer, Herrn Helmut H.. Zu ihm habe ich ja bis heute noch Kontakt! Lustig war auch, was er

19

schrieb. Z.B. Er bat mich um eine „Audienz", damit er mich besuchen kommen könne! Ebenso bekam ich einen (mit Schreibmaschine geschriebenen) Brief meines Direx, in dem er mir „gute Genesung" wünschte! Auf diese beiden Briefe war ich sehr stolz. Ich habe sie auch beide in einem meiner Tagebücher aufgehoben.

Lesen konnte ich auch deshalb nicht selber, weil ich ja, wie gesagt, zunächst nichts sah und später rutschte mein rechtes Auge immer wieder nach außen und ich schielte bzw. hatte Doppelbilder. Dazu kam auch noch, dass mein Gesichtsfeld anfangs sehr klein war. Das bedeutet, dass ich so sah wie wohl ein Pferd mit Scheuklappen sehen muss. Also nur was direkt vor mir war.

Bei meinen (etlichen!) Nachuntersuchungen, zu denen ich auch nach dem Krankenhausaufenthalt ständig hinmusste, gab es eine ganz spezielle Untersuchung dafür. Mit dem Gerät, das sich „Oktopus" nannte.

Das war etwa wie ein aufgeschnittener großer Ball, also eine große Halbkugel. Ich saß davor und sollte auf einen kleinen schwarzen Punkt inmitten dieser Kugel schauen. In einer Hand hielt ich einen Drücker .Auf den sollte ich immer drücken, sobald ich einen Lichtpunkt sehen konnte. Dabei gab diese Taste ein Hupgeräusch von sich. Um ehrlich zu sein, manchmal hab ich auch gemogelt. Da hab ich einfach auf die Hupe gedrückt, obwohl ich gar keinen Leuchtpunkt gesehen hatte. Ich dachte, dass mir, wenn ich bei dieser Untersuchung gut abschneide, weitere Termine dieser Art erspart blieben. Dem war aber nicht so. Diese Augenuntersuchung war immer sehr anstrengend, denn sobald ich mich „müde angestrengt", also zu sehr angestrengt, habe, rutschte mir das Auge weg. Auch heute geht es mir noch manchmal so. Ebenso mit dem begrenzten Sehen. Gar keine Frage, es ist längst nicht mehr so schlimm wie vor siebenundzwanzig Jahren, aber eben doch noch so, dass ich z.B. beim Lesen so meine Probleme habe. Es ist so, dass ich oft das, was ganz links steht, nicht sehe. Merken tu ich das daran, dass der Zusammenhang im

21

Satz einfach nicht passt. Genauso geht es mir häufig, wenn ich auf der Straße, also natürlich auf dem Bürgersteig, gehe, dass ich sehe wie mir eine Person entgegen kommt. Sobald ich dieser Person dann aber nähergekommen bin, erkenne ich, dass es nicht nur einer, sondern zwei oder noch mehrere sind. Das nur am Rande.

Außer solcher Augenuntersuchungen gab es – auch nachdem ich schon wieder zu Hause war – andere Untersuchungen. Das EEG beispielsweise. Dabei werden die Gehirnströme gemessen. Das ging so vor sich: Ich saß auf einem Stuhl. Da bekam ich dann von einer Schwester graue etwa 1cm breite Gummibänder rund um den Kopf gemacht. In diesen Bändern waren Löcher, in die etwas Nasses befestigt wurde, natürlich um Strom messen zu können. In diese Teile wurden dann die Leitungen gesteckt. Als alles fertig war, sollte ich abwechselnd die Augen schließen und auf Ansage wieder öffnen. Ebenso sollte ich gegen Ende der Aufzeichnungen tief ein- und ausatmen. Ein Gerät schrieb dabei Wellenlinien auf Endlospapier.

Oder die Computertomographie! Dabei lag ich auf einer Liege und wurde damit in eine Röhre geschoben. Das war so wie in einem Tunnel. Das war ziemlich unangenehm so eingesperrt und darauf an-gewiesen zu sein, dass einen da jemand wieder herausholt. Ob ich daher meine Platzangst habe? Es war beklemmend und angsteinflößend! Auch die Angst einfach in dieser Röhre vergessen und liegengelassen zu werden! Denn sobald ich da drinnen lag, ging der Arzt einfach aus dem Raum. Mir schien es, als hätte er jetzt Feierabend und geht nach Hause, lässt mich aber einfach da liegen. Das stimmte natürlich nicht. Jetzt weiß ich, dass er das Zimmer verließ, um sich vor den Röntgenstrahlen zu schützen. Als ich da lag, übermannten mich allerdings die eben genannten

Gefühle. Denn an Denken war da überhaupt nicht zu denken.

Neben all diesen unangenehmen Erfahrungen, gab es aber auch eine Sache, die ich wirklich gerne machte. Es hatte so etwas wie Sport. Die Bewegungstherapie. Da war auch eine wie ich dachte Sportlehrerin. Dass sie genauso wie alle anderen eine Art Ärztin war, wusste ich nicht. Conni war für mich wie eine Freundin. Sie war jung, beweglich und supernett! In ihrem Turnraum gab es auch lauter tolle Sachen: bunte Bälle, auch in groß oder die Sprossenwand! Dort lernte ich meine linke Seite wieder zu bewegen. Wie oft mir Conni den linken Arm hochgehalten hat und sagte: "Halten!" Irgendwann hat es dann auch tatsächlich geklappt! Ich weiß aber genauso, wie oft mein Arm einfach von allein von oben runtergefallen ist. Sie hat mir nie das Gefühl gegeben, ich würde es nicht schaffen, den Arm irgendwann wieder zu spüren. Sie war immer zuversichtlich, obwohl es sicher manch- mal eher aussichtslos schien. Wie ich später von meiner Mami erfahren hab, hatte ihr Bruder

Achim, also mein Onkel, gesagt, das ich gute Voraussetzungen hätte, wieder alles zu erlernen, weil ich Linkshänderin bin Achim ist übrigens auch Arzt. Und so war es dann ja auch. Ich machte immer mehr Fortschritte. Auch mit meinem Bein. Das ging aber erst nachdem der Gips ab war. Wann genau das war, weiß ich nicht mehr. Erstmal muss ich ja davon berichten als mir der Gips abgenommen wurde.

Der Gips wurde übrigens von allen meinen Besuchern mit ihren Unterschriften verziert. Besonders stolz war ich da natürlich auf die vom Herrn H.! Meine Schulfreundin Kathrin hatte ihren Namen zu meinem Ärgernis unten auf die „Fußsohle" geschrieben. „Kathrin R. & Mammi", stand darauf. Geärgert hatte ich mich darüber, dass ich die Unterschrift nicht sehen konnte, Einmal wurde mir der Spiegel so hingehalten, dass ich sie überhaupt lesen konnte. Diesen Gips, wie auch meine langen Zöpfe, die mir die Mami zu Hause irgendwann abgeschnitten hat, habe ich aufgehoben. Leider stank er mit der Zeit immer mehr.

Ich hatte sogar mit Parfum versucht, den Geruch zu überdecken, aber das hat auch nichts genutzt. Ich habe den Gips irgendwann weggeworfen. Die Zöpfe auch. Der Frankus sagte auch, dass er so totes Haar ganz schrecklich finde. Das fand ich eines Tages auch. Der Tag, an dem der Gips abkam, ja das war ein Festtag für mich! Unbeschreiblich! Er musste mit einer Säge, ich glaube es war eine kleine elektrische, aufgeritzt werden. Herrlich, endlich nach vielen Wochen aus diesem immer enger wirkenden und vor allem immer mehr juckenden Ding befreit zu sein! Das war auch der Tag, an dem ich in die Badewanne durfte. Sonst wurde ich immer mit Schüssel und Waschlappen im Bett gewaschen. Dieses Geräusch, das entsteht, wenn das Wasser aus dem Waschlappen gewrungen in die Schüssel zurückfällt, ich habe es verinnerlicht. Am Tag des abgenommenen Gipses da war alles anders! Aber als ich in der Badewanne saß, bekam ich einen ungeheuren Schreck. Mein linkes Bein sah ganz anders aus als mein rechtes!! Die Haut war schrumpelig und erinnerte mich eher an einen Elefanten. Ich habe es grau und farblos in Erinnerung. Und außerdem hatte ich ganz hässliche lange dunkle Haare am Bein. Die beinahe unsichtbaren blonden am rechten Bein waren eindeutig nicht so lang! Und überhaupt, das linke war auch viel dünner. Das erschrak mich auch! Ist im Nachhinein aber auch ganz logisch, denn schließlich hatte ich es die ganzen Wochen über gar nicht bewegt und die Muskeln sind auch zurückgegangen. Im Nachhinein ist man eh immer schlauer! Dieses Gefühl von endloser Freiheit, das ich damals in der Badewanne fühlte, war einzigartig!! Und auch endlich einmal selber die Haare waschen zu können! Nie wieder habe ich Haare waschen dermaßen aufregend gefunden wie an diesem Tag!

Dann ging es los mit den Übungen für das Bein, Allerdings hatte ich den Eindruck, nicht mein Knöchel sei gebrochen gewesen, sondern das Knie. Die Bewegung das Knie abzuwinkeln kam mir vor wie ein riesiger Kraftakt. Es tat auch so weh! Ich hatte Angst, ich könne mein Bein vielleicht nie mehr bewegen. So war es auch immer bevor ich abends einschlief. Ich legte mein Bein dann so auf die Matratze, wie ich es meinte, für den Rest meines Lebens am besten angewinkelt zu haben. Ich dachte nämlich, das Bein würde über Nacht noch unbeweglicher und würde sogar unbeweglich bleiben. Wie versteinert. Deshalb winkelte ich das Bein immer nur ganz leicht an, damit ich später mit Krücken dann wenigstens halbwegs stehend aussehen sollte. Diese Art des Liegens halte ich auch heute noch so ein. Obwohl ich weiß, dass es nichts zu bedeuten hat. Ein Überbleibsel. Lustig nur, dass mir das erst jetzt auffällt!

Ich bekam dann also den Rollstuhl zum Selberfahren lernen. Ich sehe noch die Schwester Lieselotte vor mir. Sie hat mir an einem Abend den Rollstuhl gebracht. Sie saß darin und fuhr bei mir im Zimmer hin- und her und rundherum. Sie mochte ich auch gern. Genauso wie die Schwester Christine, die mir während der Visite immer von hinten zuzwinkerte. Schwester Lieselotte auf jeden Fall zeigte mir auch wie man mit dem Rollstuhl Kurven fährt. Das hat mir besonders imponiert. Wie sie das konnte!

Und das obwohl sie gar keinen brauchte. Ich fuhr aber kaum selber, eigentlich wurde ich immer geschoben. Das machte mir – vor allem als ich schon nicht mehr im Krankenhaus war – bewusst, wie schrecklich es ist, immer von anderen abhängig zu sein. Ich durfte und konnte ja auch nichts alleine tun, solang ich auf diesen dummen Rollstuhl angewiesen war. Natürlich wollte mir jeder helfen, aber im Grunde machte mich das eher passiv. Verletzend fand ich es als mein Freund Markus den Rollstuhl nahm, sich hineinsetzte und lachte, als er damit fuhr. Es war wie ein Schlag ins Gesicht für mich. **Er** amüsierte sich über das Gerät, das es mir überhaupt ermöglichte von einem Ort zum anderen zu gelangen. Und er lachte mich dadurch aus, so empfand ich es. Alle, die mich zu Hause besuchten, wollten mal ausprobieren in dem Rollstuhl zu sitzen. Nur beim Markus hat es mich echt getroffen! In der Wohnung, der unteren, in der

29

Osterwaldstraße, bewegte ich mich allerdings hauptsächlich mit den Krücken - oder Stützen, wie wir sie nannten – vorwärts. Hauptsächlich darum, weil ich es bei meinem ersten Aufenthalt dort noch nicht tat. Ich durfte nämlich schon mal – wahrscheinlich probeweise? – ein Wochenende nach Hause, also bevor ich richtig aus dem Krankenhaus entlassen wurde. Da ich ja immer noch die Wohnung in Aachen im Kopf hatte, verstand ich gar nicht was mir erzählt wurde. Die Irmi etwa, sie redete von meinem Zimmer. Ich hatte doch gar kein eigenes Zimmer! Wir waren doch zu dritt in dem kleinen Zimmer hinter der Küche. Dort, wo auch das bunte Handtuch mit ich glaube den Bärchen, auf der Kommode lag. Irmi beschrieb mir mein angebliches Zimmer in den schönsten Ausführungen, in dem jetzt eine weiße Schreibtischlampe stehen sollte. Mir sagte das alles nichts. Ob die anderen das merkten weiß ich nicht. Um so einmaliger war dann das Betreten der Wohnung: auf einmal war alles wieder da! Ich sah mein Zuhause und ich erkannte alles wieder! Auch mein Zimmer habe ich auf Anhieb wiedererkannt! Phänomenal! Damit war auch die Erinnerung wieder da und meine Reisen in die Vergangenheit vorbei. Alles war klar und hätte nicht besser sein können! Willkommen zurück in der neuen alten Welt! Meine Eltern hatten wieder an alles gedacht. Damit ich nachts, falls ich aufs Klo müsste, nicht alleine ginge, haben sie eine Glocke „installiert". Aus Springseilen und Schnüren legten sie quer durch die Wohnung eine „Leitung", an deren Ende eine Glocke hing. Sobald ich daran zog, klingelte die Glocke und mein Papi würde zu mir kommen, um mich ins Bad zu tragen.

Und so kam es dann auch, in der Nacht musste ich mal. Also zog ich vorsichtig an der Schnur. Ja, vorsichtig. Ich wusste ja nicht, wie fest ich daran ziehen durfte. Da alle Türen offen waren, hörte ich aus der Ferne das Schnarchen meines Vaters. Aber ich musste doch unbedingt zur Toilette, also zog ich etwas fester bis ich auch tatsächlich ein leises Bimmeln der Glocke vernahm. Und so wartete ich, was sich tut. Das

Einzige aber war das Schnarchen. Nichts anderes tat sich! Es hatte also keinen Sinn. Ich musste selber aufs Klo gehen. Von GEHEN konnte natürlich nicht die Rede sein, ich hatte doch erst kurze Zeit keinen Gips mehr. So machte ich mich – eigentlich recht mutig – auf den Weg: Ich schaffte es irgendwie, aus dem Bett zu kommen. Da lag ich nun auf dem Fußboden. Anfangs wusste ich gar nicht wie ich vorwärtskommen sollte, aber da es immer dringender wurde, schob ich mich langsam vorwärts. Ich robbte. Ich nahm meine Arme nach vorne und zog meinen unbeweglichen Körper hinterher. Mit dem rechten Bein habe ich mich zusätzlich angeschoben. Und das alles natürlich im Dunkeln. Durch die Ritzen der Rollladen meines Zimmers und des Wohnzimmers fiel ein wenig Licht. Das ging also ganz gut. Schwieriger wurde es im Flur, denn dort war es stockfinster. Nur aus dem Schlafzimmer von Mami und Papi kamen leichte Lichtschatten, auch hier wiederum durch die Rollladenritzen. Je weiter ich allerdings kam, umso dunkler wurde es. Die Zimmertüren vom Frankus und der

32

Leni waren ja zu. Und deshalb erkannte ich bald nicht mal mehr Umrisse. Es war so dunkel wie es nur sein kann! Ich hatte aber mein Ziel klar vor Augen, es konnte jetzt nicht mehr weit sein! Und so zog und schob ich mich, geleitet von einem inneren Navigator, weiter. Ich spürte wie die Wand näher kam, ich hatte allerdings für einen Moment die Orientierung verloren und dachte ich sei schon da, aber es hingen Kleidungsstücke hinter der Öffnung. Sie dufteten nach Mamis Parfum. Ich erkannte schnell, dass ich grade dabei war in die kleine Kammer zu robben, in der meine Mami ihren Kleiderschrank untergebracht hatte. Also musste ich mich etwas nach links drehen, um wieder die richtige Richtung einzuschlagen. Jetzt wusste ich aber ganz genau: "Gleich bin ich da!" Und so war es dann auch. Die Badezimmertür war nur angelehnt, ich konnte sie problemlos aufstoßen. Das tat ich und schon konnte ich wieder etwas erkennen. Auch hier gab es ein wenig Licht durch zwei bis drei Rolloritzen. Das reichte mir, um die beiden

Waschbecken undeutlich zu erkennen. Mehr als das Sehen half mir mein Tastsinn. Der führte mich zum Klo. Ich zog mich, ich weiß nicht wie, nach oben, zog meine Schlafanzughose runter und landete unheimlich erleichtert auf der Klobrille. Jetzt musste ich nur etwas leiser Pipi machen, denn ich wollte niemand wecken, Das brauchte ich ja jetzt nicht mehr. Ebenso leise trat ich dann meinen Rückweg an. Jetzt konnte ich mir mehr Zeit lassen, es drängte mich nichts mehr. So gelangte ich schließlich wieder in mein Bett und atmete erstmal erleichtert auf. Keiner war aufgewacht. Ich war alleine zur Toilette gekommen! Alleine!! Zum ersten Mal! Ich war wahnsinnig stolz auf meine Leistung und bin sicher bald eingeschlafen.

Mit der Toilettengeherei das war eh so eine Sache. Im Krankenhaus konnte ich natürlich nicht aufs Klo. Wegen des Gipses und später auch nicht, weil ich niemals aus dem hohen Bett gekommen wäre. Außerdem war das Bett vergittert. Ja, wie bei einem Babybett. Naja nicht ganz, denn das Gitter konnte heruntergemacht werden, es war wohl so an die 30cm

34

hoch. Allerdings musste es vorne und hinten, also am Kopf- und Fußende mit Metallstiften befestigt, geöffnet werden. Das konnten dann aber nur diejenigen, die vor dem Bett standen. Außer diesem Gitter gab es noch eine Befestigung, die mir jegliche Bewegung unmöglich machte: ein Gurt. Er wurde mir um den Bauch geschnallt, wahrscheinlich um mich zu fixieren, also festliegend zu halten oder um mir jede Möglichkeit eines Fluchtversuchs zu nehmen. Den unternahm ich dann auch tatsächlich einmal. Zumindest versuchte ich es. Meine Mami zurrte den Gurt nie so fest wie die Schwestern. Als sie also einmal wieder nach Hause gegangen war, nutzte ich die Gelegenheit. Ohne zu Überlegen. Ich schlüpfte irgendwie aus dem Gurt und lag endlich frei im Bett. Da ich ja unbedingt raus wollte - ich kam mir wie eine Gefangene vor – probierte ich, aus dem Bett zu klettern. Ich war der Ansicht, dass ich, sobald ich das Bett verlassen hätte, genauso laufen könnte wie alle anderen. Also drehte ich mich um, und versuchte mein Bein über

35

das Gitter zu schwingen. Ich scheiterte aber schon bald, weil ich das schwere Gipsbein einfach nicht über das Gitter hieven konnte. Also musste ich es mit dem anderen Bein versuchen. Das war ja auch viel besser, denn mit dem freien Bein konnte ich dann ja direkt auftreten. Mit dem Gips wusste ich noch nicht wie das sein würde. Schließlich hatte ich es geschafft: das rechte Bein war schon mal draußen. Aber so verdreht wie das war, kam ich nicht so richtig weiter. War es die eigene Einsicht oder eine der Schwestern, die mich wieder ins Bett legte? Ich erinnere mich nicht mehr genau. Erinnern kann ich mich allerdings an eine aufgebrachte Schwester. Sie war echt verärgert und motzte mich an. Natürlich wurde ich von da an immer besonders fest ange"kettet". Ich fühlte mich demnach wie eine Gefangene, und das zu Recht! Ein Junge, der im Rollstuhl saß – sein Name war Roberto – kam mich ab und zu von seinem Zimmer nebenan besuchen. Als ich ihm von der Gemeinheit des Gurtes erzählte, konnte er das gar nicht verstehen: Denn er wurde ja schließlich auch nicht festgemacht. So eine

36

Ungerechtigkeit! Mein Vater sagte mir dazu mit einem Schmunzeln: „Roberto kann ja auch nicht weglaufen!" Stimmt. Er war gelähmt und musste immer schon im Rollstuhl sitzen. An seine Besuche kann ich mich auch noch erinnern. Zwar nicht ganz so deutlich, aber ich weiß noch, dass er oft zu mir rübergerollt kam. Er war unheimlich optimistisch. Und lustig! Er wirkte auch fröhlich trotz seines Schicksals. Nur manchmal ging er mir schon etwas auf die Nerven: Er kam immer rein, wann es ihm passte. Also auch, wenn jemand bei mir war. Das fand ich dann doch recht aufdringlich und mochte ich nicht. Einmal kam er auch so leise an, als mein Papi bei mir saß. Er klopfte meinem Vater freudig halb von der Seite oder von hinten auf die Schulter. Der wirbelte herum, holte aus und es schien, als gebe er Roberto gleich eine Ohrfeige. Im letzten Moment hielt er dann aber inne. Er entschuldigte sich, denn das sei einfach ein Reflex von ihm. Das sagte er ganz in Ruhe, ganz sachlich, was mich mächtig beeindruckte. Roberto war –

37

verständlicherweise – auch beeindruckt, wenn auch ganz anders: Er hatte einen Riesenschreck bekommen! Soweit ich mich erinnere, ließ er sich von da ab nur noch selten sehen. War mir auch lieber so!

Da fällt mir auch noch ein anderes Mädchen ein mit der ich wohl anfangs in einem Zweierzimmer lag. In meiner Erinnerung heißt sie Sabine. Ich weiß von dieser Zeit nur noch, dass immer jemand bei ihr war und ständig geredet wurde. Es war wohl so, dass ich nur deren Gespräche verfolgte und nicht auf meine Besucher Acht gab. Letztendlich war ich ja dann in einem Ein-zel(l)zimmer, wo ich zwar immer meinen eigenen Besuch hatte, aber sonst viel mit mir allein war und so ins Grübeln geriet.

Da ich anfangs ja auch kein Körpergefühl oder besser gesagt Körperbewusstsein hatte, fragte ich mich, was ich eigentlich sei. Ein Junge wohl nicht, eine sie sicher auch nicht. Ich hieß doch auch immer „es" bei der Omi. Was gab es denn da noch? Was war ich? Welche Erkennungsmerkmale hatte ein ES? So sehr ich mich auch anstrengte, mir fiel nichts ein. Irgendwas musste ich aber doch sein! Aber was? Dahinter gekommen bin ich auch erst nachdem ich wieder zu Hause war, da kam meine Erinnerung eh erst wieder richtig zurück. Diese Frage ließ mich aber einfach nicht los. Ganz egal, was ich war, so redeten doch alle mit mir. So schlimm konnte es also nicht sein.

Jetzt aber doch noch mal zu etwas ganz Alltäglichem, der Erledigung diverser Geschäfte. Da ich ja mit meinem Gipsbein nicht aufstehen konnte, sollte ich tagsüber mit der Klingel nach einer Schwester rufen, wenn ich mal musste. Dann schob die mir einen Topf unter den Po, in den ich dann hineinmachen sollte. Das klappte auch meist. Es kam aber auch vor, dass, sobald ich darauf saß, nichts kam, ich aber doch merkte, dass ich musste. Als die Schwester dann auch noch ungeduldig wurde und immer wieder fragte, ob ich endlich fertig sei, da ging gar nichts mehr. Dann nahm sie mir den Topf wieder weg und ging damit weg. Einige Zeit später klingelte ich dann wieder, denn jetzt schien es nicht mehr aufzuhalten zu sein.

Aber nein, das gleiche Theater wie zuvor. Da gab es eine Schwester, die ist darüber richtig wütend geworden, und sagte, ich solle doch nicht dauernd aus falschem Alarm klingeln. Im Endeffekt kam es wie es kommen musste, ich machte in die Hose. Und da musste dann natürlich das Bett abgezogen und wieder frisch bezogen werden. So war das auch nachts. In der Nacht musste ich – wie ein Baby – eine Windel tragen. Das war nicht nur erniedrigend, sondern auch unbequem. Als ich dann nachts aufwachte, weil ich Pipi musste, zerpflückte ich erstmal die Windel in viele kleine Einzelteile. Die versteckte ich dann zwischen der Matratze und dem Bettrahmen. Daraufhin suchte ich mir eine andere Ecke des Bettes (meist unten links!), in die ich mich nachher nicht mehr legte. Ich schaffte mir auf diese Weise eine eigene Toilettenecke. In der anderen Ecke, konnte ich dann beruhigt weiterschlafen. So geschah es Nacht für Nacht. Einmal war eine Schwester so verärgert darüber, – bei mir musste ja deshalb auch jeden Tag frisch bezogen werden - , dass sie mich eines Morgens fragte, ob ich das dann zu Hause auch täte. Darauf antwortete ich nur: „ Nein, zu Hause mache ich das nicht!" Diese Antwort hat sie mir sicherlich übel genommen. Kein Wunder! Aber zu Hause habe ich dann auch nicht einmal ins Bett gemacht! Dort war ja auch alles viel besser!

Genauso war es mit meiner in-der-Nase-Popelei! Ich popelte (vorwiegend auch nachts!) so lange in der Nase, bis sie zu bluten begann. Das war auch so gedacht. Mit meinem Nasenblut schrieb ich nämlich Botschaften auf das Bettlaken. „Hilfe!" und solche Sachen. Manchmal auch ganze Sätze. Ich war sicher, jemand würde das lesen und mich befreien. Doch das tat niemand! Ich versuchte es aber trotzdem immer wieder! In dieser Zeit bekam ich auch richtig breite Nasenflügel. Der Frankus meinte sogar einmal, ich hätte Nasenflügel, die aussähen wie die Kotflügel eines VW-Käfer.

Da fällt mir noch was ein. Ich hatte auch so ein Gefühl, als müsste ich ständig meine Zähne aufeinanderbeißen. Sobald ich es einmal getan hatte, verlangte die andere Seite des Kiefers auch danach. Fast wie ein Zwang. Interessant war es, als ich dann von meinen Eltern erfuhr, dass ich während ich im Koma lag, immer so schlimm mit den Zähnen geknirscht hätte, dass sie schon Angst gehabt hätten, ich hätte bald keine Zähne mehr. Das muss doch dann heißen, dass ich irgendwie bei mir war als ich bewusstlos gewesen bin!?

Als der Gips dann also ab war, begann Conni mit mir den Muskelaufbau meines Beines zu trainieren. Sie hatte wie immer viel Geduld mit mir. Es ging aber auch soweit recht gut. Wie schon gesagt, tat mir das Bein am Knie weh, obwohl es da ja gar nicht gebrochen war. Die eigentliche Bruchstelle am Knöchel merkte ich gar nicht. Anstrengend waren auch die Übungen mit den Füßen. Ich sollte es schaffen, im Liegen meine Füße so weit nach vorne zu beugen bis die Zehen die Matratze berührten. Das schien mir unmöglich zu sein. Annähernd schaffte ich das vielleicht mit rechts, aber eben auch nicht so richtig! Nach einiger Zeit durfte ich dann auch anfangen das Bein ein bisschen zu belasten. Zu soundsoviel Prozent, dann ein bisschen mehr. Das erste Mal überhaupt aus dem Rollstuhl aufzustehen, ja richtig zu stehen, das war auch ein Ereignis für sich. Einzigartig! Aber auch beängstigend. Beinahe so, wie es sich anfühlte als ich in einer Fahrstunde zum ersten Mal selber am Steuer sitzen durfte: es passierte etwas, über das ich keine Gewalt hatte.

Es fühlte sich fremd an und doch auch berauschend. Mit meinen Fortschritten wuchs auch meine Ungeduld. Einer der verhasstesten Sätze in all den Wochen, war: „Du musst Geduld haben." Mit meinen Gehversuchen ging auch meine Geduld! Ich war fasziniert von dem, was ich auf einmal konnte und hätte am liebsten ohne Pause weiterprobiert. Aber natürlich war das wiedermal zu anstrengend für mich. Meinten die anderen. Einmal , da durfte ich immer noch nicht voll belasten, da tat ich es aber trotzdem! Ich wollte es allen beweisen! Nachdem ich einen kleinen Schritt (mit den Krücken) tat, überkam mich aber dann doch die Angst, dass ich vielleicht später gar nicht mehr laufen lernen würde! Also ließ ich alle weiteren Selbstversuche bleiben! Ich weiß auch noch, dass mir Conni einen Wettlauf vorschlug, wenn ich wieder richtig laufen kann. Der fand dann auch statt, allerdings erst lange nachdem ich aus dem Krankenhaus entlassen worden bin. Das war übrigens am 16. April 1981! Dieses Datum ist für mich mein zweiter Geburtstag. Da fing mein zweites Leben an!

Diesen Wettlauf habe ich auch tatsächlich gewonnen! Ich war superstolz auf mich! Allerdings musste ich mich auch ganz schön ins Zeug legen, um schließlich knapp vor Conni im Ziel zu sein!

Ein ganz besonderes Erlebnis hatte ich, als ich zu Hause meine ersten freien Schritte machte. Ich durfte und sollte Fahrradfahren, um so auch wieder Muskeln im Bein zu bekommen. Das war aber recht schwierig, zumindest bis ich es raushatte wie ich mit meinem richtigen Standbein auf den Sattel kam. Das Radeln war klasse. Eines Tages also sind wir mit dem

Fahrrad unterwegs gewesen, als ich die Helga im gegenüber des Telefonhäuschens gelegenen Edeka besuchen wollte (oder sollte?). Das waren meine ersten wackeligen Schritte über eine Straße! Es fühlte sich unheimlich und wunderbar zugleich an! Und Helgas Freude, mich ohne Krücken zu sehen! Sie freut sich überhaupt immer, wenn die mich sieht, auch jetzt noch. Das tut richtig gut.

Um in der Schule den Anschluss nicht noch mehr zu verpassen, kam auch oft eine Frau Elke M. zu uns und hat mit mir am Wohnzimmertisch gelernt. Ich höre noch das Rauschen der Blätter an den Bäumen, das sie immer für Regen hielt. Den ganzen Stoff nachzuholen war nicht möglich.

Ich durfte probeweise noch mal in meine alte Klasse, kam dort aber überhaupt nicht mehr mit! Ganz klar, ich hatte einfach zuviel versäumt. So musste ich dann die 7. Klasse wiederholen, „freiwillig" wie es im Zeugnis hieß.

In der neuen 7c fühlte ich mich nur teilweise wohl. Unter den Mädchen gab es eine Anne, die wohl allen verkündet hatte, ich hätte so viele graue Zellen verloren und sei so doof, dass ich die Siebte wiederholen müsse. Vielleicht hatte sie ja recht, auf jeden Fall gab mir das ein Gefühl von Missachtung.

Ich erinnere mich auch noch daran, dass eines Tages ein Polizist unser Klassenzimmer betrat.

Dieser Polizist warnte jedenfalls vor dem gefährlichen Überqueren der unbeampelten Stelle der Leopoldstraße, wo ja Anfang des Jahres eine Schülerin tödlich verunglückt ist. Da meldete ich mich recht erbost und stellte fest: „Ich lebe aber noch!" Daraufhin entschuldigte sich der Polizist bei mir.

Ja, so war das ungefähr, was vor 27 Jahren seinen Lauf nahm. ENDE